# **Contents**

Sueña

## *En Búsqueda del Éxito*
Novelas Gráficas para Aventuras Emocionantes y Descubrimiento

## *Quest for Success*
Graphic Novels for Exciting Adventure and Discovery

# 1. Desconcertado

"Papá", gritó Roy mientras jugaba al básquetbol con sus amigos, "¿adónde vas?"

"Acabo de recibir una llamada del doctor diciendo que el Tío Alvin está a punto de morir. Lo voy a visitar".

"¿Dónde está tu Tío Alvin?, preguntó uno de los amigos de Roy.

"Está en prisión", contestó Roy.

"¿Por qué está en prisión?", preguntó otro amigo.

"No lo sé. Ha estado en prisión desde antes de que yo naciera".

The boys continued their basketball game, but Roy kept thinking about his uncle. When the game was over, Roy said to himself as he walked home, "I'm curious. What caused Uncle Alvin to go to prison?"

Roy shook his head, puzzled. "We live in this beautiful home, and Uncle Alvin lives in a prison cell. Why? Dad is a successful doctor, and his best friend Jesse is an award-winning architectural engineer. What happened? All three of them lived in the same neighborhood. Two became successful, and one became a complete failure. I must find out what happened."

## Curious

Roy was extremely curious by nature. His dad, Nelson, had always said, "Never be gullible. Learn to think and ask questions. And never be afraid to ask difficult questions."

9

Después de cenar, Roy fue a la sala a hablar con su papá. "Tú me enseñaste a aprender de los errores de otras personas, así como a hacer preguntas difíciles".

"Sí, lo hice", respondió Papá.

"Tengo una pregunta difícil".

"¿Cuál?"

"Tú eres un médico exitoso. Jesse, tu mejor amigo y con quien tú creciste, es un premiado ingeniero en construcciones. Pero el Tío Alvin ha estado en prisión desde antes de que yo naciera. ¿Qué ocurrió?"

"Me alegra que estés pensando y preguntando. Ven, siéntate en el sofá y te contaré mi historia".

After supper, Roy went into the living room to talk to his dad. "You taught me to learn from other people's mistakes and to ask difficult questions."

"Yes I did," Dad replied.

"I have a difficult question."

"What is it?"

"You're a successful doctor. Jesse, your best friend whom you grew up with, is an award-wining architectural engineer. But Uncle Alvin has been in prison since before I was born. What happened?"

"I'm glad you're thinking and asking. Come, sit on the couch, and I'll tell you my story."

## La Historia de Nelson

Mi hermano Alvin, mi mejor amigo Jesse y yo vivíamos en la zona más pobre de la ciudad, donde había muchos crímenes, drogas y pandillas. Mi papá murió cuando yo tenía cuatro años. Pero fuimos muy afortunados. Alvin y yo teníamos una madre cariñosa y abuelos maravillosos.

El abuelo y la abuela vivían en otro estado, pero a menudo ellos venían a visitarnos. El abuelo era como un padre para mí. Él, junto con mi mamá y la Abuela, siempre nos advertían acerca de ser extremadamente cuidadosos con los amigos que elegíamos. Ellos también nos advertían seriamente que nunca consumiéramos drogas ni nos uniéramos a una pandilla.

## **Nelson's Story**

My brother Alvin, my best friend Jesse, and I lived in the poorest part of town where there was lots of crime, drugs, and gangs. My dad died when I was four years old. But we were very fortunate. Alvin and I had a loving mother and wonderful grandparents.

Grandpa and Grandma lived out of state, but they came often to visit us. Grandpa was like a dad to me. He, along with my mom and Grandma, often warned us to be extremely careful about the friends we associate with. They also strongly cautioned us not to use drugs or to join a gang.

## Confrontado por un Jefe de Pandilla

Un día nosotros tres estábamos jugando en nuestra vereda. Un importante jefe de pandilla se acercó a mí y me dijo: "Nelson, ¡queremos que te unas a nosotros!"

Yo estaba aterrorizado, pero también me sentí honrado por haber sido invitado. Todos en nuestro vecindario le temían a este jefe de pandilla. Yo estaba indeciso entre hacer lo que sabía que debía hacer u ofender al jefe de la pandilla. "Me gustaría pensarlo", susurré.

El jefe me miró directamente a los ojos y me advirtió: "Nelson, nosotros no invitamos a cualquiera a unirse a nuestra pandilla. Además, no me gusta ser rechazado. Será mejor que te unas a nosotros si sabes lo que es bueno para ti".

El miedo se apoderó de mí. Yo sabía lo que él quería decir. Luego, el jefe de la pandilla le clavó su dedo a Alvin y le preguntó: "¿Qué hay contigo?"

"¡Creo que es una gran idea! Me encantará unirme".

## Confronted by a Gang Leader

One day the three of us were playing on our street. A notorious gang leader approached me and said, "Nelson, we want you to join us!"

I was terrified, but also felt honored to have been asked. Everyone in our neighborhood feared this gang leader. I was torn between doing what I knew I should do or offending this gang leader. "I'd like to think it over," I whispered.

The leader looked me straight in the eye and warned, "Nelson, we don't ask just anyone to join our gang. Besides, I don't like being refused. You'd better join us if you know what's good for you."

Fear gripped me. I didn't know what he meant. Then the gang leader jabbed Alvin and asked, "What about you?"

"I think it's a great idea! I'd be glad to join."

"¡Genial!", dijo el jefe de la pandilla, palmeándole la espalda a Alvin.

Luego apuntó con el dedo a Jesse y le preguntó: "¿Y qué hay contigo?"

Jesse sólo se quedó allí parado.

"¡A ver si se deciden!", ordenó el jefe de la pandilla. "Regresaré por una respuesta. Si no se unen a nosotros, lo lamentarán."

Jesse y yo estábamos aterrorizados. Cuando el jefe de la pandilla se marchó, Alvin me preguntó: "¿Por qué no te uniste a la pandilla?"

"Tú sabes que Mamá, Abuelo y Abuela nos enseñaron acerca de no unirnos a una pandilla."

"Nosotros tenemos que pensar por nuestra cuenta", respondió rápidamente Alvin. "Estoy cansado de escuchar siempre a los demás. Además," dijo Alvin riendo: "Yo tendré muchos amigos y protección, y ustedes serán dejados de lado y deberán defenderse solos".

"Pero la pandilla siempre se mete en muchos problemas", objetó Jesse. "Y algunos de sus miembros están en la cárcel".

"No unirse a ellos es mucho más problemático", dijo Alvin. "Además, uniéndome a la pandilla me divertiré mucho más. De cualquier modo, ustedes dos pueden hacer lo que quieran. ¡Yo me uno a ellos!"

"Great!" the gang leader said as he slapped Alvin on the back.

Then he poked Jesse and asked, "And what about you?"

Jesse just stood there.

"Make up your minds!" the gang leader ordered. "I'll be back for an answer. You'll be sorry if you don't join us."

Jesse and I were terrified. When the gang leader left, Alvin asked me, "Why didn't you join the gang?"

"You know what Mom, Grandpa, and Grandma taught us about joining a gang."

"We've got to think for ourselves," Alvin snapped back. "I'm tired of always listening to others. Besides," Alvin said laughing, "I'll have lots of friends and protection, and you'll be stuck alone defending yourselves."

"But the gang always gets into lots of trouble," Jesse objected. "And some of its members are in jail."

"It's a lot more trouble not to join them," Alvin said. "Besides, I'll have a lot more fun joining the gang. Anyway, you two can do whatever you want. I'm joining!"

## 2. Lecciónes Valiosas

Afortunadamente, Abuelo y Abuela vinieron a visitarnos justo después de este incidente con el jefe de la pandilla. El abuelo nos preguntó a Alvin y a mí: "¿Quién quiere ir a pescar mañana?"

Ambos nos levantamos de un salto y exclamamos: "¡Yo!"

Adorábamos ir a pescar con el abuelo. Invitamos a Jesse para que venga con nosotros. Jesse era como parte de nuestra familia.

### Pidiendo Consejo

El abuelo siempre buscaba oportunidades para enseñarnos lecciones valiosas. Mientras manejaba hacia el lago, dijo: "Nunca piensen que lo saben todo. Aprendan a pedir consejos. Algunas personas son tan orgullosas que nunca buscan consejos. Piensan que tienen todas las respuestas."

# 2. Valuable Lessons

Fortunately, Grandpa and Grandma came to visit us right after this incident with the gang leader. Grandpa asked Alvin and me, "Who wants to go fishing tomorrow?"

We both jumped up and exclaimed, "I do!"

We loved to go fishing with Grandpa. We invited Jesse to come along. Jesse was like part of our family.

## Asking for Advice

Grandpa always looked for opportunities to teach us valuable lessons. While driving to the lake he said, "Don't think you know everything. Learn to ask for advice. Some people are so proud that they never seek advice. They think they know all the answers.

"Yo nunca he pescado en este lago. Puedo experimentar por mí mismo e intentar descubrir el mejor lugar para pescar o puedo pedir un consejo. Lo primero que haré cuando llegue a la tienda de cebos es preguntar cuál es el mejor lugar para pescar".

Paramos en la tienda y compramos algunos cebos. "No tenemos bote", dijo el abuelo al dueño de la tienda. "¿Podría usted decirnos cuál es el mejor lugar para pescar?"

"Escuché que hay una pesca excelente en la ensenada, al lado de las rocas", dijo el dueño de la tienda.

"¿Cómo llegamos allí?"

El dueño le dio instrucciones. Fuimos en el automóvil hasta la ensenada y salimos a pescar. Sin duda, allí la pesca era fantástica.

"I've never fished in this lake. I can experiment on my own and try to discover the best place to fish, or I can ask for advice. The first thing I'll do when I get to the bait shop is ask where the best place to fish is."

We stopped at the store and bought some bait. "We don't have a boat," Grandpa said to the store owner. "Could you tell us where the best place to fish is?"

"I've heard there's excellent fishing at the cove by the rocks," the owner said.

"How do you get there?"

The owner gave directions. We drove to the cove and went fishing. Sure enough, the fishing was great.

Luego de pescar lo permitido, colocamos el pescado en una nevera. Entonces Abuelo anunció: "Comamos".

Mientras caminamos hacia un roble gigantesco, dije: "He aprendido una lección importante".

"¿Qué has aprendido?, preguntó el abuelo.

"Si tú no sabes algo, pide el consejo de alguien que sepa".

"¡Excelente!", respondió el abuelo. "Es un excelente modo de aprender muchas cosas".

Mientras terminábamos de limpiar la mesa, el abuelo dijo: "Juguemos al fútbol americano".

"¡Genial!", dijimos. El fútbol era nuestro juego favorito.

After catching our limit, we put the fish into an ice chest. Then Grandpa announced, "Let's eat."

As we walked to a giant oak tree I said, "I've learned an important lesson."

"What did you learn?" asked Grandpa.

"If you don't know something, ask for advice from someone who knows."

"Excellent!" replied Grandpa. "It's a great way of learning many things."

As we were finishing cleaning the table, Grandpa said, "Let's play football."

"Great!" we said. Football was our favorite game.

## Esforzándose lo Más Posible

El abuelo siempre quería que pusiéramos lo mejor de nosotros, incluso si estábamos jugando. Él nos tiraba la pelota corta y por encima de nuestras cabezas, así teníamos que correr rápido para atraparla. Tenía un lema: "Si quieres tener éxito, debes acostumbrarte a esforzarte siempre lo más posible".

Jesse y yo estábamos contentos de que Abuelo nos desafiara a correr mucho y a atrapar la pelota. Sin embargo, Alvin siempre parecía quejarse: "Tira la pelota directamente hacia mí. No quiero estar corriendo detrás de ella."

## Doing Your Best

Grandpa always wanted us to do our best, even when playing games. He threw the football short and over our heads so we had to run fast to catch the ball. He had a motto: "If you want to be successful, you've got to make it a habit to always do your best."

Jesse and I were glad Grandpa challenged us to run hard to catch the football. However, Alvin always complained. "Throw the ball right to me. I don't want to run after it."

"Si quieres convertirte en un buen jugador de fútbol", explicó el abuelo, "debes aprender a correr rápido y a atrapar la pelota. Te estoy enseñando cómo convertirte en un gran jugador".

Alvin se enojó. "Estoy cansado. No quiero correr como un perro detrás de la pelota". Entonces se alejó y se sentó en una banca mientras Jesse y yo continuamos jugando. El abuelo no estaba dispuesto a satisfacer los deseos de Alvin. Lo dejó que se siente en la banca y que ponga mala cara.

Después de jugar un rato, Abuelo dijo: "Vamos a sentarnos debajo del roble gigante".

Alvin aún estaba enojado y no se sentó en el piso, debajo del roble. Cuando se opuso a hacerlo, el abuelo dijo: "Alvin, quiero que vengas aquí".

"If you want to become good at playing football," Grandpa explained, "you must learn to run fast and catch the ball. I'm teaching you how to become a great player."

Alvin got mad. "I'm tired. I don't want to run after the ball like a dog." Then he stomped away and sat on a bench while Jesse and I kept playing. Grandpa wouldn't cater to Alvin. He let him sit on the bench and pout.

After we played for a while, Grandpa said, "Let's sit under the giant oak tree."

Alvin was still mad. He didn't want to sit on the ground by the oak tree. When he balked, Grandpa said, "Alvin, I want you to come here."

Alvin se dirigió hacia el abuelo y dijo: "¡Ahora quiero jugar al fútbol!"

"¿Por qué no jugaste cuando nosotros estábamos jugando?", preguntó el abuelo.

"Tú siempre tirabas la pelota sobre mi cabeza o la tirabas corta. Y yo no quería correr detrás de la pelota. Es mucho trabajo".

"Estoy intentando enseñarles cómo ganar cuando juegan al fútbol".

"Yo sólo quería jugar a atraparla".

"Alvin, necesitas aprender a escuchar y a esforzarte si quieres convertirte en alguien exitoso. Ahora nosotros descansaremos debajo del roble".

Alvin estaba furioso. Se dio la vuelta hacia la banca mientras que Jesse y yo nos unimos al abuelo debajo del roble.

Alvin went to Grandpa and said, "I want to play football now!"

"Why didn't you play when we were playing?" Grandpa asked.

"You always threw the ball over my head or short. I didn't want to run after the ball. It's too much work."

"I'm trying to teach you how to win when playing football."

"I just wanted to play catch."

"Alvin, you need to learn to listen and try hard if you want to become successful. Now we're going to rest under the oak tree."

Alvin was furious. He stormed back to the bench while Jesse and I joined Grandpa under the oak tree.

Luego de conversar un rato, dije: "Abuelo, el jefe de una pandilla del barrio nos presiona mucho para que nos unamos a ellos. Muchos de nuestros amigos se han unido. ¿Qué debemos hacer?"

"¿Qué ha ocurrido con algunos miembros de la pandilla?"

"Algunos están en la cárcel y algunos han sido asesinados", respondí.

"Otros han sido apuñalados", agregó Jesse.

"¿Acaso quieren que eso les suceda a ustedes?, preguntó el abuelo.

"De ningún modo", contesté.

"Yo tampoco quiero que me suceda eso", agregó Jesse.

"Recoge una bellota", dijo el abuelo.

Recogí una bellota y se la di. Abuelo miró la bellota y dijo: "Esta bellota puede crecer para convertirse en un árbol grande, gigante como este roble".

"Pero hay miles de bellotas tiradas en el suelo", Jesse comentó. "Es prácticamente imposible que esa bellota se convierta en un roble gigante de entre todas esas bellotas".

El abuelo se paró e invitó a Alvin a unirse a nosotros. "Estoy listo para jugar a las atrapadas", dijo Alvin.

"No", insistió el abuelo. "Quiero que vengas. Podrías aprender algo útil de lo que tengo para decir".

Alvin estaba enojado. Caminó hacia el abuelo, lentamente.

After we talked for a while, I said, "Grandpa, we're getting a lot of pressure from a gang leader in our neighborhood to join his gang. A lot of our friends have joined. What should we do?"

"What has happened to some of the gang members?"

"Some are in jail, and a few have been killed," I said.

"Some have been stabbed," Jesse added.

"Do you want that to happen to you?" Grandpa asked.

"No way," I said.

"I don't want that to happen to me either," Jesse added.

"Pick up an acorn," Grandpa said.

I picked up an acorn and handed it to him. Grandpa looked at the acorn and said, "This acorn can grow to be as big as this giant oak tree."

"But there are thousands of acorns lying all around," Jesse remarked. "It's practically impossible for that acorn to become a giant oak tree among all these acorns."

Grandpa stood up and invited Alvin to join us. "I'm ready to play catch," Alvin said.

"No," Grandpa insisted. "I want you to join us. You may learn something from what I have to say."

Alvin was mad. He slowly walked over to Grandpa.

## 3. ¡Atrévete a Soñar!

Cuando Alvin se acercó, el abuelo apoyó su mano en el tronco y dijo: "Tengo algo importante para decirles. Este roble gigante alguna vez fue como una de esas miles de bellotas tiradas en el suelo, pero ahora le da comida y abrigo a todo tipo de criaturas. Para que este roble creciera, hubo que plantarlo y alimentarlo. Ustedes podrían convertirse en…"

"¡Vamos a jugar al fútbol!", interrumpió Alvin.

El abuelo abrazó a Alvin y dijo: "Alvin, podría serte útil si escucharas lo que estoy tratando de enseñarles. Es muy importante".

# 3. Dare to Dream!

When Alvin came, Grandpa put his hand on the tree trunk and said, "I've got something very important to say. This giant oak tree was once just like one of these thousands of acorns lying on the ground. Now it provides food and shelter for many creatures. For this giant oak tree to grow, it had to be planted and nourished. You can become…"

"Let's play football," Alvin interrupted.

Grandpa put his arm around Alvin and said, "Alvin, it might help you to listen to what I'm trying to teach you. It's very important."

Alvin estaba furioso. "¡Yo sólo quiero jugar al fútbol!", contestó. Luego se alejó, se dejó caer y se quedó con la vista fija en el suelo.

El abuelo lo ignoró y se volvió hacia nosotros. "¿Quién quiere llegar a ser como un roble gigante?"

Yo levanté mi sombrero y exclamé: "¡Yo! Yo quiero convertirme en un roble gigante".

Jesse levantó su brazo y gritó: "¡Sí! Cuéntenme a mí también".

Alvin was furious. "I just want to play football!" he said. Then he walked away, plopped on the ground, and stared at the dirt.

Grandpa ignored Alvin and turned to us. "Who wants to become like a giant oak tree?"

I raised my hat and exclaimed, "I do! I want to become like a giant oak tree."

Jesse raised his arm and shouted, "Yes! Count me in."

## El Camino Fácil

"Todos dicen que no tiene caso esperar nada donde nosotros vivimos", dije.

"Nuestras escuelas son malas", agregó Jesse. "Las drogas están en todos lados y las pandillas vagan por nuestras calles".

"Ese es el camino fácil", dijo el abuelo. "Decir que no tiene caso y entrar en el juego de culpar a los demás. Culpar a su situación y a la de otros por todo lo que ocurre, en vez de evaluarse a ustedes mismos y ver qué es lo que *ustedes* pueden hacer".

## Voces de Derrota

El abuelo nos miró a Jesse y a mí directamente a los ojos y dijo: "Aún cuando todo parezca no tener caso, ustedes necesitan ser valientes y atreverse a soñar. No sean como esas miles de bellotas que nunca llegan a nada. Sueñen que algún día *ustedes se convertirán* en un roble gigantesco. Hay voces que quisieran mantenerlos pobres e ignorantes. *Niéguense* a escuchar esas voces de derrota. En vez de eso, ¡atrévanse a soñar *grandes* sueños!"

"No veo cómo eso podría ocurrir donde nosotros vivimos", murmuré.

"Yo tampoco", replicó Jesse sacudiendo su cabeza.

"¡Ya dejen de buscar excusas!", exclamó el abuelo. "Ese es el camino del fracaso. ¡Pónganse de pie, erguidos! ¡Decídanse a darle sentido a sus vidas!"

## The Easy Path

"Everyone says it's hopeless where we live," I said.

"Our schools are bad," added Jesse. "Drugs are everywhere, and gangs roam our streets."

"That's the easy path to take," Grandpa said. "Say it's hopeless and use the blame game. Blame everything on your situation and others, instead of examining yourself to see what *you* can do."

## Voices of Defeat

Then Grandpa looked Jesse and me straight in the eyes and said, "Even though everything looks hopeless, you need to be courageous and dare to dream. Don't be like the thousands of acorns that never amount to anything. Dream that one day *you'll* become a giant oak tree. There are many voices that want to keep you poor and ignorant. *Refuse* to listen to those voices of defeat. Instead, dare to dream *big* dreams!"

"I don't see how that could happen where we live," I muttered.

Jesse shook his head. "I don't either."

"Stop making excuses!" Grandpa exclaimed. "That's a path of failure. Stand up straight! Be determined to make something out of your life!"

Luego el abuelo dijo: "Nelson, tu mamá quiere plantar un árbol en el jardín. ¿Por qué no plantan todos ustedes esta bellota, la cuidan y ven qué pasa?"

"Me encantará hacerlo", contesté.

"Cuenten conmigo", dijo Jesse.

Cuando regresamos a casa, el abuelo dijo: "Vayamos al jardín y plantemos esta bellota".

"¿Yo también tengo que ir?", se quejó Alvin.

"Sí", insistió el abuelo. "Espero que a partir de esto, aprendas una lección".

Then Grandpa said, "Nelson, your mom wants to plant a tree in the backyard. Why don't all of you plant this acorn, take care of it, and see what happens."

"I'll be glad to do it," I said.

"Count me in," Jesse said.

When we got home, Grandpa said, "Let's go to the back yard and plant this acorn."

"Do I have to go?" Alvin complained.

"Yes," insisted Grandpa. "I hope you'll learn a lesson from this."

"¡Yo quiero jugar! No quiero aprender acerca de plantar unas tontas bellotas".

"¡Alvin! ¿Por qué siempre te resistes a aprender? Estoy intentando enseñarte una lección valiosa para que puedas convertirte en alguien exitoso".

Pero Alvin no estaba interesado, ni siquiera un poquito. Se paró a un costado, hastiado por tener que estar allí de todos modos.

Mientras el abuelo, Jesse y yo plantábamos la bellota, Abuelo dijo: "Si ustedes quieren que un roble crezca, necesitan protegerlo y asegurarse de nutrirlo apropiadamente."

"I want to play! I don't want to learn about planting silly acorns."

"Alvin! Why do you always resist learning? I'm trying to teach you a valuable lesson so you can become successful."

But Alvin wasn't the least bit interested. He stood on the side annoyed that he had to be there at all.

As Grandpa, Jesse, and I planted the acorn, Grandpa said, "If you want to grow an oak tree, you need to protect it and make sure it gets proper nourishment.

"De igual modo, si ustedes desean convertirse en personas exitosas, deben protegerse a ustedes mismos y asegurarse una nutrición apropiada". Después de plantar la bellota, colocamos una lata a su alrededor, para protegerla.

"Likewise, if you want to become successful, you've got to protect yourself and make sure you get the proper nourishment." After planting the acorn, we placed a metal can around it for protection.

## 4. Destructores de Sueños

"Cuando regresen a la escuela el lunes", dijo el abuelo, "la abuela y yo los llevaremos a todos a dar un paseo en automóvil".

"¿Adónde iremos?", pregunté.

"Ya verán", respondió el abuelo.

A la salida de la escuela, Jesse y yo nos subimos rápido al automóvil, pero Alvin empezó a protestar. No quería ir.

"¡Queremos que vengas!", insistió el abuelo, "para mostrarte lo que pasa con los que han perdido sus sueños".

# 4. Dream Destroyers

"When you come home from school on Monday,"
Grandpa said, "Grandma and I want to take
all of you for a car ride."

"Where are we going?" I asked.

"You'll see," Grandpa said.

After school, Jesse and I jumped into the car, but
Alvin made a big fuss. He didn't want to go.

"We want you to go!" Grandpa insisted. "We want
to show you what happens to those who have lost their
dreams."

## Malas Compañías

Alvin vino con nosotros, pero estuvo con cara de enojo durante todo el viaje. Abuela señalaba a la gente sentada en la acera y se lamentaba: "¿Ven a esa pobre gente? Alguna vez fueron iguales a ustedes, jóvenes y saludables; pero ellos tomaron malas decisiones. Probablemente se hicieron amigos de las personas equivocadas".

"Presten atención a lo que la abuela les dijo acerca de los amigos", advirtió el abuelo. "Los amigos que ustedes eligen a menudo determinan el tipo de personas en que ustedes se convertirán".

"Eso es cierto", agregó la abuela. "Asegúrense de seleccionar buena compañía. Manténganse alejados de amigos que vayan a fiestas donde beban alcohol y consuman drogas. Ese estilo de vida imprudente, suele arruinar la vida de quienes lo eligen".

# Wrong Friends

Alvin went along, but he pouted the entire trip. Grandma pointed to people sitting on the sidewalk and groaned, "It's a shame to see young people like that. They were once just like you, young and healthy; but they made wrong choices. They probably made friends with the wrong crowd."

"Notice what Grandma said about friends," Grandpa warned. "The friends you choose often determine the type of person you'll become."

"That's true," Grandma added. "Make sure you pick good friends. Stay away from friends who go to parties where they drink and do drugs. That reckless lifestyle ruins lives."

Seguimos en el auto algunas cuadras más. "¿Ven a aquellos enviciados con las drogas?", dijo el abuelo. "En lo único que sueñan es en darse otro viaje con drogas. Probablemente empezaron fumando cigarrillos. Muchos de ellos fueron advertidos acerca de los peligros de fumar, pero se negaron a escuchar. Después se les convenció para que probaran algo mejor y más fuerte. Los drogadictos a menudo se niegan de hacer un cambio sabio. En vez de eso, escuchan los consejos de personas tontas. Después de probar varias drogas quedan enganchados, y sus vidas se arruinan, antes que siquiera se den cuenta".

## La Experiencia de Sam

Después fuimos al hospital a visitar a Sam, un sobrino de los abuelos. Cuando vimos lo enfermo que estaba, todos nos afligimos por él, hasta Alvin.

"Hola Sam", dijo Abuela. "Trajimos a Nelson y a Alvin, dos de nuestros nietos y a su amigo Jesse. Me gustaría que les contaras qué ocurrió".

We drove a few more blocks. "See those hooked on drugs?" Grandpa said. "All they dream about is getting another high. Usually drug users started by smoking cigarettes. Many of them were warned about the dangers of smoking, but they refused to listen. Then they were encouraged to try something stronger and better. Drug addicts often refuse wise correction. Instead, they listen to the advice of fools. After trying various drugs they get hooked, and before they know it, their lives are ruined."

## Sam's Experience

Next we went to a hospital to visit Sam, a nephew of Grandpa and Grandma's. When we saw how sick he looked, we all felt sorry for him, even Alvin.

"Hi Sam," Grandma said. "We brought Nelson and Alvin, two of our grandsons, and their friend Jesse. I'd like you to tell them what happened."

"Cuéntales cómo es", agregó el abuelo. "Sé franco con ellos. No dejes espacios en blanco".

La enfermera le quitó la máscara. Él tosió y murmuró: "Cuando yo era un muchacho, me uní a una pandilla para que me dieran protección. Todo lo que quería hacer era divertirme mucho. No me importaba qué podría pasarme. Si era divertido, lo hacía".

"Cuando apenas me incorporé a la pandilla, ellos me indujeron a las drogas. Yo dudé, pero me llamaron 'gallina'. No quería que me llamaran 'gallina', así que tomé la droga. Una vez que comencé, continué tomando más y más drogas. Después comencé a beber alcohol".

"Tuve sexo con varias mujeres de la pandilla. Muchas personas me advirtieron acerca de las enfermedades de transmisión sexual. Pero a mí no me importaba. Yo me divertía"

"Tell it like it is," Grandpa added. "Be frank with them. Don't pull any punches."

The nurse removed Sam's oxygen mask. He coughed and whispered, "As a kid I joined a gang for protection. All I wanted to do was have lots of fun. I didn't care what happened to me. If it was fun, I did it.

"When I first joined the gang, they introduced me to drugs. I hesitated, but they called me 'chicken.' I didn't want to be called 'chicken,' so I took the drug. Once I started, I kept taking more and more drugs. Then I began drinking.

"I had sex with various women in the gang. Lots of people warned me about sexually transmitted diseases. But I couldn't care less. I had fun.

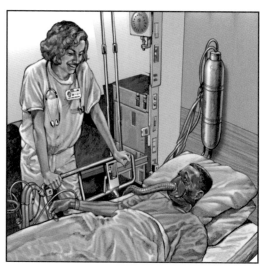

"Me enfermé y nada de lo que hacía me ayudaba a mejorar. Decidí visitar al médico. Luego de un examen, recibí el golpe más duro de mi vida. El doctor dijo: "Sam, lamento informarte que tienes SIDA". Estaba devastado.

"¡Que se grabe en sus cabezas! Tengo una enfermedad *incurable* por el *resto* de mi vida. Debido al SIDA, he estado ingiriendo píldoras durante años. Lentamente, me he sentido más y más débil. Desde ese momento, mi vida no ha sido otra cosa que una muerte lenta, con desdicha y dolor. Ahora he llegado al final de mi viaje".

"Espero que alguien divulgue el mensaje acerca de las enfermedades de transmisión sexual. A mí me enseñaron que el sexo pre-marital estaba bien si tomabas las precauciones necesarias. No lo crean. ¡Sean disciplinados! Manténganse alejados de las drogas y del sexo pre-marital. Siéntanse orgullosos de ser vírgenes. Así ustedes pueden estar seguros de que *nunca* tendrán SIDA ni ninguna enfermedad de transmisión sexual. Además, tendrán un matrimonio y una vida familiar más felices".

"Gracias", respondió el abuelo. "Realmente apreciamos tu buena voluntad para compartir tus experiencias con nosotros".

Nos despedimos saludando con la mano y nos fuimos. Después de eso, Jesse y yo a menudo hablamos acerca de Sam. Prometimos cuidar nuestros cuerpos y soñar con que algún día, nosotros haríamos una diferencia en la vida de las personas.

"I became sick, and nothing I did made me get better. I decided to go to the doctor. After an exam I received the shock of my life. The doctor said, 'Sam, I'm sorry to inform you, but you have AIDS.' I was devastated.

"Let it sink into your heads! I have an *incurable* disease for the *rest* of my life. Because of AIDS, I've been popping pills for years. Slowly, I've been getting weaker and weaker. Since then my life has been nothing but a slow death with misery and pain. Now I've come to the end of my journey.

"I hope someone will spread the message about sexually transmitted diseases. I was taught premarital sex was okay if you took necessary precautions. Don't believe it. Be disciplined! Stay away from drugs and premarital sex. Be proud to be a virgin. Then you can be sure you'll *never* get STDs or AIDS. In addition, you'll have a much happier marriage and family life."

"Thanks," Grandpa replied. "We really appreciate your willingness to share your experiences with us."

We waved goodbye and left. Sam's situation shook us up. After that Jesse and I often spoke about Sam. We vowed to take care of our bodies and dreamed that one day we would make a difference in people's lives.

Cuando salimos de la habitación del hospital, Alvin rogó: "¿Podemos irnos a casa?"

"Sí", dijo Abuela. "Pero dado que mañana nos iremos, tengo algo muy importante que decirles cuando lleguemos a casa".

"Yo quiero salir a jugar con mis amigos", se quejó Alvin.

"Queremos que te quedes", dijo el abuelo. "Déjame advertirte Alvin, debes aprender a escuchar. De otro modo, vas a terminar metiéndote en muchos problemas. ¿Me escuchas?"

Alvin no respondió. Una vez en casa, Alvin se escurrió fuera de la casa para ir jugar, pero Jesse y yo queríamos escuchar lo que la abuela tenía que decir.

When we walked out of the hospital room, Alvin begged, "Can we go home?"

"Yes," Grandma said. "Since tomorrow we're leaving, I've got something very important to say when we get home."

"I want to go outside and play with my friends," Alvin complained.

"We want you to stay," Grandpa said. "Let me warn you, Alvin, you must learn to listen. Otherwise you're going to end up getting into lots of trouble. Do you hear me?"

Alvin never answered. When we got home, Alvin snuck out of the house to play, but Jesse and I stayed to hear what Grandma had to say.

# ¡Cuídense!

Cuando nos sentamos, el abuelo nos miró a los ojos y nos advirtió: "Nelson, Jesse, *cuídense* de los destructores de sueños. Se van a burlar de ustedes, los van a insultar y hasta los van a amenazar. ¡Sean *fuertes*! ¡*Niéguense* a escucharlos! ¡No dejen *nunca* que nadie les robe sus sueños!"

"Es que en nuestro barrio es tan difícil…", dije yo. "Jesse y yo nos esforzamos mucho para tener buenas calificaciones en la escuela. Pero nuestros amigos se burlan de nosotros. Nos presionan mucho para que seamos como ellos".

"¡No los escuchen!", insistió la abuela. "Júntense con buenas personas. Encuentren dónde se reúnen y háganse amigos de ellos".

"Esa es la diferencia entre los hombres fuertes y los debiluchos", dijo el abuelo. "Los hombres con coraje respaldan lo que es correcto, sin importar lo que otros hagan. Los débiles sólo siguen a la mayoría."

"Si ustedes tienen valor", agregó la abuela, "un día obtendrán los beneficios de haber escogido lo que estaba bien. Y si piensan que es difícil en el lugar donde viven, les voy a contar sobre algunas personas que *realmente* tuvieron dificultades".

# Beware!

When we sat down, Grandpa looked us in the eyes and warned, "Nelson, Jesse, *beware* of dream destroyers. They'll make fun of you, call you names, and even threaten you. Be *strong*! *Refuse* to listen to them! *Never* let anyone steal your dreams!"

"It's so hard in our neighborhood," I complained. "Jesse and I work hard in school and get good grades. But our friends keep making fun of us. There's lots of pressure for us to become like them."

"Don't listen to them!" Grandma urged. "Associate with good people. Find where they meet and become friends with them."

"That's the difference between strong men and weaklings," Grandpa said. "Courageous men stand up for what's right regardless of what others do. The weak are crowd followers."

"When you're courageous," Grandma added, "one day you'll reap the benefits because you chose to do what's right. And if you think it's hard living where you live, I'll tell you about some individuals who *really* had it difficult."

# 5. Grandes Soñadores

## Benjamín Franklin

En la familia de Benjamín Franklin no había tiempo que perder. Sus padres tenían 17 hijos y, a los ocho años, Ben empezó la escuela primaria. Después de un año en la escuela, era el mejor alumno de su clase. Sin embargo, a los diez años, su padre quiso que dejara la escuela y aprendiera su oficio de fabricar jabones y velas.

Aunque Ben ya no iba a la escuela, amaba tanto aprender que dedicaba todo su dinero a comprar libros. Dos años más tarde, Ben comenzó a trabajar en la imprenta de su hermano.

# 5. Great Dreamers

## Benjamin Franklin

In Benjamin Franklin's family there was no time to waste. His parents had 17 children, and at the age of eight, Ben went to grammar school. After one year in school, he was the best student in his class. However, at the age of ten, his father had him leave school to learn his trade of making soap and candles.

Even though Ben was no longer in school, he loved learning so much that he spent all his money to buy books. Two years later, Ben began working in his brother's print shop.

A los 17 años de edad, dejó el negocio de su hermano para ir a trabajar a otra imprenta en Filadelfia. Después de trabajar allí, abordó un barco y fue a trabajar a otra imprenta en Londres, Inglaterra. Los trabajadores lo llamaban "el americano del agua", porque bebía agua mientras los demás tomaban muchísima cerveza. Desde edad muy temprana Ben demostró un espíritu valiente al estar dispuesto a ser diferente. Él no iba a permitir que la influencia de los otros lo destruyera.

Un año y medio después, Ben tomó un barco de regreso a Filadelfia. A bordo del barco trazó reglas para su vida, y siempre se ajustó a ellas. Ben se hizo el hábito de hacer lo que estaba bien.

At the age of 17, he left his brother's shop to work in another print shop in Philadelphia. After working there he boarded a ship and went to work in a print shop in London, England. The workers called him "Water American" because he drank water while they drank lots of beer. At an early age Ben showed a courageous spirit by being willing to be different. He wasn't going to let the influence of others destroy him.

A year and a half later, Ben took a ship to return to Philadelphia. During his voyage back he made rules for his life—and he lived by them. Ben made it a habit to do what was right.

Ben se convirtió en un emprendedor e inició su propia imprenta. Compró la mejor prensa y tipos. Era un apasionado por la excelencia y el aprendizaje. Su trabajo era tan bueno que su imprenta se transformó en la imprenta pública oficial de Pennsylvania. Luego comenzó a imprimir un periódico, que llegó a ser el mejor en todas las colonias americanas.

Ben también ayudó a Thomas Jefferson a escribir la Declaración de la Independencia y, el 4 de Julio de 1776, el Congreso la aprobó. Ese día se convirtió en el día del nacimiento de los Estados Unidos de América.

El afán de Ben por aprender y por hacer lo correcto lo llevó a convertirse en escritor, hombre de negocios, inventor, científico y en embajador. Benjamín Franklin tuvo muchos motivos para darse por vencido, ¡pero nunca abandonó su sueño!

He became an entrepreneur and started his own print shop. He bought the best printing press and type. He had a passion for excellence and learning. His work became so great his print shop became the official public printer for Pennsylvania. He then printed a newspaper that became the best in all of the American colonies.

Ben also helped Thomas Jefferson write the Declaration of Independence. On July 4, 1776, Congress approved it. That day became the birthday of the United States of America.

Ben's eagerness to learn and to do what was right led him to become a writer, businessman, inventor, scientist, and ambassador. Benjamin Franklin had many reasons to give up, but he never lost his dream!

## George Washington Carver

George Washington Carver nació esclavo durante la Guerra Civil. Una banda de forajidos secuestró a su madre y dejaron a George abandonado a la vera del camino.

De pequeño, George era enfermizo y tartamudeaba al hablar. No aprendió a caminar hasta los tres años de edad. De muchachito, empezó a ser muy curioso. Estudiaba por qué ciertas plantas crecen mejor a la sombra, mientras que otras lo hacen mejor al sol. Aprendió con qué se enferman árboles y plantas, y experimentó con diversos tipos de suelo.

# George Washington Carver

George Washington Carver was born a slave during the Civil War. A band of raiders kidnapped his mother and George. They found him abandoned along the roadside.

George was sickly and stuttered when he spoke. He didn't walk until he was three years old. As a young boy, he became very curious. He studied why some plants grew better in the shade and others grew better in the sun. He learned what made trees and plants sick, and he experimented with different kinds of soils.

Debido a su gran pasión por aprender acerca de las plantas, empezaron a conocer a George como "el Médico de las Plantas".

George tenía muchas preguntas, y necesitaba libros que le dieran las respuestas. Su madre adoptiva, Susan, le dio un viejo libro de lectura y lo ayudó a aprender a leer. Pero no era suficiente. George quería aprender más.

A los 12 años, George dejó su casa para ir a la escuela. Para pagar sus estudios lavaba ropa y hacía tareas domésticas. En una oportunidad unos blancos lo golpearon por llevar libros siendo un muchacho negro. Pero eso no le impidió educarse. Él siguió trabajando y yendo a la escuela. A los 21 años se graduó de la escuela secundaria.

George presentó su solicitud para asistir a la universidad y fue aceptado. Pero cuando fue a incorporarse, el director le dijo: "Usted no me dijo que era Negro. ¡En esta universidad no se aceptan Negros!"

Entristecido, George se alejó. Era difícil educarse siendo una persona de color. Durante los cinco años siguientes, George hizo diversos tipos de trabajo. Amigos de la iglesia le sugirieron que solicitara la admisión en el Simpson College, en Iowa.

Because of his great passion for learning about plants, George became known as the "Plant Doctor."

George had lots of questions. He needed books to provide the answers. His adopted mother Susan gave him an old spelling book and helped him learn to read. But that wasn't enough. George wanted to learn more.

At age 12, George left home to go to school. To pay for his schooling he did laundry and housework. On one occasion some white folks beat him because he was a black boy carrying books. That didn't stop George from yearning for an education. He kept working and going to school. At the age of 21 he graduated from high school.

George applied to attend college and was accepted. But when he went to enroll, the principal said, "You didn't tell me you were Negro. This college does not accept Negroes!"

Saddened, George left. It was hard to get an education as a black person. For the next five years George did various kinds of work. Friends at church suggested he apply to Simpson College in Iowa.

A los 26 años fue aceptado. Nuevamente, George se ocupó de lavar ropa para pagar su educación. Él estaba dispuesto a trabajar duro para obtener la educación que buscaba.

Cuando finalizó la universidad, viajó a Tuskegee, Alabama, y se unió a Booker T. Washington en el colegio que había fundado. La escuela era pobre, pero eso no le impidió a Carver enseñar bien a sus estudiantes. Además de sus tareas de enseñanza, Carver viajaba para enseñar a los granjeros pobres, blancos y negros por igual, acerca de cómo plantar. Carver sentía pasión por ayudar a las personas de todas las razas.

Carver se convirtió en un científico famoso, reconocido en todo el mundo. Creó más de 300 productos ¡sólo a partir del maní! Carver tuvo todo tipo de motivos para darse por vencido, ¡pero nunca abandonó su sueño!

At 26 years of age he was accepted. He again did laundry work to pay for his schooling. George was willing to work hard in order to obtain an education.

When George finished college, he went to Tuskegee, Alabama and joined Booker T. Washington at the college he founded. The school was poor, but that didn't stop Carver from teaching his students well. In addition to his teaching, Carver traveled and taught poor farmers, both black and white, how to plant. Carver had a passion to help people of all races.

Carver became a famous scientist, recognized the world over. He created over 300 products from the peanut alone! Carver had all kinds of reasons to give up, but he never lost his dream!

## Helen Keller

Cuando tenía un año, Helen Keller se enfermó de escarlatina. Aunque se curó, la enfermedad la dejó ciega y sorda. Sus padres intentaban ayudarla a ver y oír, pero nada servía. Helen se volvió iracunda, y se negaba a comportarse apropiadamente.

Los padres de Helen contrataron a Annie Sullivan para que fuera tutora privada de su hija. La primera vez que Annie vio a Helen quedó impresionada; no la habían peinado en semanas, estaba muy sucia, con los zapatos desatados y si alguien intentaba atárselos, recibía patadas.

# Helen Keller

At the age of one, Helen Keller became sick with scarlet fever. Although she recovered, the scarlet fever left her blind and deaf. Her parents tried everything to help her see and hear, but nothing helped. Helen became very angry and refused to behave.

Helen's parents hired Annie Sullivan to become a private tutor for their daughter. The first time Annie saw Helen, she was shocked. Helen's hair hadn't been combed for weeks, and she was filthy. Her shoes were untied, and anyone trying to tie them was kicked.

La batalla había comenzado. Helen pellizcaba, golpeaba y pateaba para obtener lo que quería. Pero había algo que la niña no sabía: ¡Annie era tan testaruda como ella!

Tras aplicar mucho amor y disciplina, Annie le enseñó a obedecer. Aunque Helen no podía ver, aprendió las palabras mediante el lenguaje de las manos.

Helen también quería aprender a hablar. Aunque esto era incluso más difícil que aprender a leer los labios, con la ayuda de Annie logró dominar el arte del habla. Luego Helen quiso asistir a una universidad común. Eligió Radcliffe College, ¡la mejor universidad femenina de los Estados Unidos!

Helen aprobó el examen de ingreso a Radcliffe College a los 19 años. Una vez allí, aprendió a leer y escribir en francés, griego, alemán y latín.

The battle was on. Helen pinched, hit, and kicked to get what she wanted. But one thing Helen did not know— Annie was just as stubborn as she was.

After applying lots of love and discipline, Annie finally taught Helen to obey. Even though Helen could not see, she learned words by using hand-talk.

Helen also wanted to learn how to speak. Even though this was harder than learning to lip-read, with Annie's help she mastered the art of speaking. Helen then wanted to attend a regular college. She chose Radcliffe College—the best university for women in the United States!

Helen passed the entrance exam to Radcliffe College when she was 19 years old. At the college, Helen learned to read and write French, Greek, German, and Latin.

Helen se graduó con honores. Ese fue un logro increíble, dado que Helen era ciega y sorda ¡desde que sólo tenía un año de edad!

Helen Keller escribió doce libros y viajó por todo el mundo hablando para promocionar las necesidades de las personas con dificultades físicas. En las circunstancias más difíciles, Helen Keller tenía todas las razones para darse por vencida, ¡pero nunca abandonó su sueño!

Helen graduated with honors. That was an outstanding achievement, since Helen was blind and deaf since she was only one year old!

Helen Keller wrote 12 books and traveled around the world speaking to promote the needs of the physically challenged. Under the most difficult circumstances, Helen Keller had every reason to give up, but she never lost her dream!

## Abraham Lincoln

Abraham Lincoln, conocido como Abe, nació en 1809 en una pequeña cabaña de troncos de una sola habitación, en Kentucky. Cuando Abe tenía sólo ocho años, su madre murió.

Con sus ocho años, Abe sabía manejar el hacha. Ayudó a su padre a construir una cabaña de madera y a limpiar la tierra para cultivarla. Uno de los concursos que tenían en el lugar, era ver quién podría clavar el hacha más profundamente en el tronco. Abe era uno de los mejores.

# Abraham Lincoln

Abraham Lincoln, known as Abe, was born in 1809 in a tiny one-room log cabin in Kentucky. His mother died when he was only eight years old.

At the age of eight, Abe knew how to handle an axe. He helped his dad build a log cabin and clear the land for farming. One of the contests they had in the frontier was to see who could sink their axe deepest into a log. Abe was one of the best.

Aún en el campo, los días no sólo eran para trabajar. Había deportes y juegos como lanzamiento de herraduras, práctica de puntería, competencias de lanzamiento de martillos o hachas a distancia, lucha y carreras a pie. Abe era bueno en los deportes, porque aspiraba a ser exitoso.

Abe amaba la lectura. La Biblia familiar era el único libro en su casa, así que la leía una y otra vez. Abe decía: "Mi mejor amigo es el hombre que me trae un libro que no he leído".

Abe se acostumbró a ser honesto. Cuando Abe y un vecino construyeron y abrieron una pequeña tienda en una cabaña de troncos, se dio cuenta de que le había cobrado unos peniques de más a una mujer. El honesto Abe caminó doce millas de ida y vuelta para devolverle el dinero. Aunque su empresa comercial fracasó y su socio murió, Abe pagó todo lo que debía.

En la década de 1850, cada vez más gente se oponía a la esclavitud, y formaron el partido Republicano. Abe se postuló para el Senado y hacía declaraciones en contra de la esclavitud. Perdió. Se volvió a postular para el Senado. Perdió. Pero el decidido Abe no iba a darse por vencido. Luego, en 1860, su partido lo nominó como candidato a la presidencia. Abe era el único candidato que se oponía a la esclavitud. Esta vez ganó.

Even in the frontier days life wasn't all work. There were sports and games like horseshoes, target practice, throwing a hammer or axe the farthest, wrestling, and foot races. Abe was good at sports because he aimed to succeed.

Abe loved to read. The family Bible was the only book in Abe's home, so he read it over and over. Abe said, "My best friend is the man who'll get me a book I ain't read."

Abe made it a habit to be honest. When Abe and a neighbor built and opened a small log cabin store, he realized he had overcharged a woman a few coins. Honest Abe walked 12 miles round trip to return the money. Although his business venture failed and his partner died, Abe paid all the money he owed.

In the 1850s, more and more people were against slavery. They formed the Republican Party. Abe ran for the Senate and spoke against slavery. He lost. Again he ran for the Senate. He lost. Determined Abe wouldn't give up. Then in 1860 his party nominated him as their presidential candidate. Abe was the only candidate who spoke against slavery. This time he won.

Varios estados del sur intentaron abandonar a la Unión. Abe deseaba que permanecieran unidos, pero la Guerra Civil se desató entre el Norte y el Sur.

Luego, en 1863, Abe firmó la Proclama de Emancipación, que decía: "Todas las personas esclavas dentro de dichos estados designados…serán libres". En 1865 el Norte ganó la guerra y todos los esclavos fueron liberados.

Abraham Lincoln había nacido en la pobreza y enfrentó constantes derrotas. Perdió seis elecciones, dos veces fracasó en los negocios y sufrió un colapso nervioso. Tuvo todos los motivos para darse por vencido, ¡pero nunca abandonó sus sueños! Él se convirtió en uno de los más grandes presidentes de los Estados Unidos.

Several southern states tried to leave the union. Abe wanted the states to stay together. Civil War broke out between the North and the South.

Then in 1863 Abe signed the Emancipation Proclamation which stated, "All persons held as slaves within said designated states...shall be free." In 1865 the North won the war, and all slaves were set free.

Abraham Lincoln was born into poverty and faced constant defeat. He lost eight elections, failed twice in business, and suffered a nervous breakdown. He had every reason to give up, but he never lost his dream! He became one of America's greatest presidents.

# 6. El Desafío

"¿Qué piensan de todas estas personas?, preguntó la abuela.

"Me avergüenza haberme quejado de que mi vida era tan difícil", dije.

"Si ellos pudieron hacer realidad sus sueños", dijo Jesse, "¡yo sé que nosotros también podemos hacerlo! Para nosotros es mucho más fácil".

"Seguro que pueden", dijo Abuela. "A veces pensamos que tenemos problemas terribles, hasta que descubrimos que otros los tuvieron aún peores. Una de las razones por las que estudiamos historia es para descubrir los fracasos y los éxitos de otros. Si aquellos con tantas dificultades pudieron ser exitosos, nosotros también podemos serlo".

Luego el abuelo nos desafió: "¡Atrévanse a soñar grandes sueños! ¡Estudien! ¡Sean disciplinados! Estén dispuestos a sacrificarse y a trabajar mucho para que sus vidas tengan sentido. Siempre es más simple tomar el camino más fácil, culpar a otros o a las circunstancias y darse por vencido. Pero ese camino lleva al fracaso, no al éxito".

# 6. The Challenge

"What do you think about those people?" Grandma asked.

"I feel ashamed I complained about my life being so difficult," I said.

"If they could fulfill their dreams," Jesse said, "I know we can! We have it much, much easier."

"You sure do," Grandma said. "Sometimes we think we have great problems until we discover others who had it much worse. One of the reasons we study history is so we may discover the failures and successes of others. If those with much more difficulties can succeed, so can we."

Then Grandpa challenged us, "Dare to dream big dreams! Study! Be disciplined! Be willing to sacrifice and work hard to make something out of your life. It's always simpler to take the easy road, blame others and your circumstances, and give up. But that road leads to failure, not success."

La abuela agregó: "Aprovechen la educación que reciben. No dejen que nadie los desanime. Un día, cuando sus sueños sean realidad, se alegrarán de haber escuchado los consejos recibidos".

"No imiten los fracasos", nos advirtió Abuelo. "Imiten el éxito. La presión de sus semejantes mete en problemas a muchos jóvenes. Los hombres y mujeres de carácter se niegan a dejarse guiar por la presión de sus semejantes. Ellos toman decisiones en base a lo que saben que es correcto, no de acuerdo a lo que todos están haciendo. Necesitan decidirse. ¿Quieren ser fracasados o quieren tener grandes sueños y ser exitosos?"

Le di mi mano a Jesse y grité: ¡A lograr nuestros sueños!"

"¡Sí!, dijo Jesse. "¡Nunca nos demos por vencidos!"

"Vamos al patio", dijo el abuelo.

Grandma added, "Take advantage of the schooling you're getting. Don't let anyone discourage you. One day when your dreams come true, you'll be glad you listened."

"Don't imitate failures," Grandpa warned. "Imitate the successful. Peer pressure gets many young people into trouble. Men and women of character refuse to let peer pressure guide them. They make decisions based on what they know is right, not on what everyone is doing. You need to make up your mind. Do you want to be a failure, or do you want to dream big and be a success?"

I gave Jesse a high five and shouted, "Let's dream big!"

"Yeah!" Jesse proclaimed. "Let's never give up!"

"Let's go to the back yard," Grandpa said.

## Guía Para Atreverse a Soñar*

Salimos al patio. El abuelo buscó en su bolsillo y sacó "La Guía Para Atreverse a Soñar". Luego nos miró con ojos amorosamente desafiantes, y comenzó a leernos los lineamientos:

1. Ponte de pie y haz lo correcto.
2. Escoge con cuidado tus amigos y tu música.
3. Sé honesto y trabajador.
4. Nunca hagas nada que dañe tu cuerpo.
5. Niégate a escuchar a quienes te llevan a la pobreza y a la ignorancia.
6. Desea fervientemente la sabiduría y el entendimiento.
7. Encuentra lugares donde se reúnen buenas personas, y únete a ellas.
8. Escucha a tus padres.
9. Nunca dejes que los tiempos difíciles y el desaliento te impidan dar lo mejor de ti mismo.
10. Sueña sueños realistas, basados en tus deseos y capacidades. Pero sueña en grande y está dispuesto a trabajar mucho para alcanzarlos.

# **Dare to Dream Guidelines***

We went outside to the back yard. Grandpa reached into his pocket and took out the "Dare to Dream Guidelines." Then he looked at us with those loving and challenging eyes and began to read the guidelines:

1. Stand up straight and do what's right.

2. Choose your friends and music carefully.

3. Be honest and work hard.

4. Never do anything that harms your body.

5. Refuse to listen to voices that lead you to poverty and ignorance.

6. Earnestly desire wisdom and understanding.

7. Find places where good people meet and join them.

8. Listen to your parents.

9. Never let tough times or discouragements stop you from doing your best.

10. Dream realistic dreams that build on your desires and abilities. But dream big, and be willing to work hard to fulfill your dreams.

*Permission is granted to make copies of these two pages.

Después de leer los lineamientos, el abuelo dijo: "Cuelguen la guía en la pared, léanla una y otra vez. En lo que su vida se convierta, es decisión de ustedes. Muchas personas quieren ser exitosas, pero se niegan a tomar los pasos necesarios para lograrlo. Eso nunca los llevará al éxito".

Luego el abuelo señaló al pequeño roble. "Los desafío. ¡Atrévanse a soñar que se convertirán en un roble gigantesco! Propónganse, en sus corazones, que se esforzarán lo más posible para cumplir sus sueños. Y luego, cuando sean exitosos, utilicen su éxito ¡para hacer de este mundo un lugar mejor!".

## De Regreso a la Escuela

Al día siguiente cuando regresamos a la escuela todo era igual, pero nosotros habíamos cambiado. Ahora queríamos aprender todo lo que pudiéramos. Cuando el jefe de la pandilla se acercó a Jesse y a mí y preguntó: "¿Tomaron una decisión para unirse a nosotros?"

After reading the guidelines Grandpa said, "Hang the guidelines on a wall and read them over and over. It's up to you what your life will become. Many people want to be successful, but they refuse to take the necessary steps. That will never lead to success."

Then Grandpa pointed to the small oak tree. "I challenge you. Dare to dream you will become a giant oak tree! Purpose in your heart you'll do your best to fulfill your dreams. Then when you are successful, use your success to make this world a better place!"

## Back to School

The next day when we went back to school, everything was the same, but we were different. Now we wanted to learn all we could. When the gang leader approached Jesse and me and asked, "Did you make up your mind to join us?"

Ambos lo miramos directamente a los ojos y dijimos: "No estamos interesados".

El jefe de la pandilla, furioso, dijo haciendo un gesto de desprecio: "Sólo son un puñado de mariquitas. ¿Por qué no se unen a nosotros y se convierten en hombres?"

Nosotros no dijimos ni una palabra. Cuando se perdió de vista, nos dimos contentos una palmada de felicitación. "¡Lo hicimos!", dije yo. "Nos enfrentamos al jefe de la pandilla".

Cada año, cuando Abuelo y Abuela nos visitaban, nos preguntaban: "¿Todavía se atreven a soñar?"

No era fácil, pero Jesse y yo estábamos decididos a hacer que nuestros sueños se conviertan en realidad. Cada vez que miraba al roble, le decía a Jesse: "Un día seremos robles gigantes".

We both looked him straight in the eye and said, "Not interested."

The furious gang leader sneered and said, "You're a bunch of sissies. Why don't you join us and become men?"

We never said a word. When he was out of sight, we gave each other a high five. "We did it!" I said. "We stood up against the gang leader."

Every year when Grandpa and Grandma visited us, they always asked, "Are you still daring to dream?"

It wasn't easy, but Jesse and I were determined to make our dreams come true. Whenever I looked at the oak tree, I reminded Jesse, "One day we'll become giant oak trees."

## Los Resultados

A Jesse le encantaban las matemáticas y se hizo ingeniero en construcciones; yo amaba las ciencias y me hice médico. Hoy en día, tanto Jesse como yo somos miembros activos de nuestra comunidad, para que el mundo sea un poco mejor.

Alvin sin embargo, se unió a una pandilla. Comenzó a vivir de fiesta, a beber y a consumir drogas. Terminó en la cárcel, donde le diagnosticaron SIDA. Un día le pregunté: "¿Cómo te contagiaste de SIDA?"

"No sé si me infecté de una aguja sucia mientras estaba consumiendo drogas, o fue en alguna alocada experiencia sexual", dijo Alvin. "Pero puedo decirte una cosa, ojalá no hubiera sido tan estúpido y testarudo. Si hubiera escuchado a Abuelo y a Abuela, hoy no estaría en este lío".

## The Results

Jesse loved math and became an architectural engineer, and I loved science and became a doctor. Today, Jesse and I are working to make this world a better place.

Alvin, however, joined a gang. He began partying, drinking, and taking drugs. He ended up in prison where he was diagnosed with AIDS. One day I asked him, "How did you get AIDS?"

"I don't know if I got the initial infection from a dirty needle while taking drugs or from my wild sexual experiences," Alvin said. "But I can tell you one thing, I wish I hadn't been so stupid and stubborn. If I had listened to Grandpa and Grandma, I wouldn't be in this mess today."

## Acepta el Desafío
## "Atrévete a Soñar"

Yo _____ me comprometo:

Tu nombre

—1.  Haré lo que es correcto, aún cuando sea el único en hacerlo.

—2.  Seré honesto y trabajador.

—3.  Respetaré y protegeré a mi cuerpo.

—4.  No utilizaré lenguaje grosero.

—5.  No escucharé a quienes traten de hacerme hacer cosas malas.

—6.  Elegiré a mis amigos cuidadosamente.

—7.  Me esforzaré para averiguar dónde se reúnen las buenas personas y buscaré su compañia.

—8.  Aceptaré las enseñanzas y estaré ansioso por aprender.

—9.  Haré lo mejor que pueda para obtener una buena educación.

—10.  Escucharé a mis padres.

—11.  No escucharé a los destructores de sueños.

—12.  Me atreveré a soñar sueños que construyan mis deseos y mis habilidades.

—13.  Seguiré persiguiendo mis sueños, aún cuando las cosas se pongan dificiles.

—14.  Intentaré hacer de este mundo, un lugar mejor.

Firma_____

Fecha_____

# Take the
## "Dare to Dream"
## Challenge

I _____ pledge:
Your name

___1.  I will do what's right, even if I'm the only one.

___2.  I will be honest and work hard.

___3.  I will respect and protect my body.

___4.  I will not use foul language.

___5.  I will not listen to those who try to make me do wrong things.

___6.  I will choose my friends carefully.

___7.  I will aim to find where good people meet and associate with them.

___8.  I will be teachable and eager to learn.

___9.  I will do my best to get a good education.

___10. I will listen to my parents.

___11. I will not listen to dream destroyers.

___12. I will dare to dream dreams that build on my wishes and things I do well.

___13. I will keep pursuing my dreams even when things get tough.

___14. I will try to make this world a better place.

Signature_____

Date_____

# About the Author

Carl Sommer, a devoted educator and successful businessman, has a passion for equipping students with virtues and real-life skills to help them live a successful life and create a better world.

Sommer served in the U.S. Marine Corps and worked as a tool and diemaker, foreman, tool designer, and operations manager. He also was a New York City public high school teacher, an assistant dean of boys, and a substitute teacher at every grade level in 27 different schools. After an exhaustive ten-year study he wrote *Schools in Crisis: Training for Success or Failure?* This book is credited with influencing school reform in many states.

Following his passion, Sommer has authored books in many categories. His works include: the award-winning *Another Sommer-Time Story*™ series of children's books and read-alongs that impart values and principles for success. He has authored technical books: *Non-Traditional Machining Handbook*, a 392-page book describing all of the non-traditional machining methods, and coauthored with his son, *Complete EDM Handbook*. He has also written reading programs for adults and children, and a complete practical mathematics series with workbooks with video from addition to trigonometry. (See our website for the latest information about these programs.)

Across the nation Sommer appeared on radio and television shows, including the nationally syndicated Oprah

Winfrey Show. He taught a Junior Achievement economics course at Prague University, Czech Republic, and served on the Texas State Board of Education Review Committee.

Sommer is the founder and president of Advance Publishing; Digital Cornerstone, a recording and video studio; and Reliable EDM, a precision machining company that specializes in electrical discharge machining. It's the largest company of its kind west of the Mississippi River (www.ReliableEDM.com). His two sons manage the EDM company which allows him to pursue his passion for writing. Another son manages his publishing and recording studios.

Sommer is happily married and has five children and 19 grandchildren. Sommer likes to read, and his hobbies are swimming and fishing. He exercises five times a week at home. Twice a week he does chin-ups on a bar between his kitchen and garage, and dips at his kitchen corner countertop. (He can do 40 full chin-ups at one time.) Three times a week he works out on a home gym, does push-ups, and leg raises; and five times a week he walks on a treadmill for 20 minutes. He's in excellent health and has no plans to retire.

From Sommer's varied experiences in the military, education, industry, and as an entrepreneur, he is producing many new products that promote virtues and practical-life skills to enable students to live successful lives. These products can be viewed at: www.advancepublishing.com.

---

## Quest for Success Challenge
Learn virtues and real-life skills to live a successful life and create a better world.

---

# Acerca del Autor

Carl Sommer, un devoto educador y exitoso hombre de negocios, tiene la pasión de equipar a los estudiantes con virtudes y aptitudes de la vida real, para ayudarlos a vivir una vida exitosa y crear un mundo mejor.

Sommer sirvió en el Cuerpo de Marina de los EE.UU. y trabajó como fabricante de herramientas y troqueles, capataz, diseñador de herramientas y gerente de operaciones. Él también fue maestro en la escuela pública secundaria de la Ciudad de Nueva York, asistente del decano de varones y maestro suplente de todos y cada uno de los grados en 27 escuelas diferentes. Luego de un estudio exhaustivo de diez años, él escribió Schools in Crisis: Training for Success or Failure? (Escuelas en Crisis: ¿Enseñanza para el Éxito o el Fracaso?) A este libro se le acredita influencia sobre reformas en la educación de muchos estados.

Siguiendo su pasión, Sommer cuenta con la autoría de libros en diversas categorías. Sus trabajos incluyen: la serie de libros infantiles y lecturas grabadas ganadora de premios, Another Sommer-Time Story™, que imparten valores y principios para el éxito. Él es autor de libros técnicos: Non-Traditional Machining Handbook (Manual de Mecanizado No Tradicional), un libro de 392 páginas que describe todos los métodos de mecanizado no tradicionales; conjuntamente con su hijo, es además co-autor del Complete EDM Handbook (Manual completo de EDM —electroerosión—). Él también ha escrito programas de lectura para adultos y niños y una completa serie práctica de matemáticas, con libros de ejercicios que incluyen videos con contenidos desde suma hasta trigonometría. (Vea nuestro sitio web para encontrar la información más actualizada acerca de estos programas).

Por toda la nación, Sommer ha aparecido en programas de radio y televisión, incluyendo el Oprah Winfrey Show transmitido por cadena nacional. Él enseñó un curso de economía de Junior Achievement en la Universidad de Praga, República Checa y sirvió al Panel del Estado de Texas del Comité de Revisión de la Educación.

Sommer es el fundador y presidente de Advance Publishing; Digital Cornerstone, un estudio de grabación y video; y Reliable EDM, una compañía de maquinaria de precisión que se especializa en mecanizado por descarga eléctrica. Es la compañía más grande de su tipo en el oeste del Río Misisipi (www. ReliableEDM.com). Sus dos hijos gestionan la compañía EDM, lo cual le permite satisfacer su pasión por escribir. Otro de sus hijos gestiona sus estudios de publicación y grabación.

Sommer está felizmente casado, tiene cinco hijos y 19 nietos. Él disfruta de la lectura y sus pasatiempos favoritos son la natación y la pesca. Sommer hace ejercicios en su casa, cinco veces por semana. Dos veces por semana hace ejercicios de flexión sobre una barra que se encuentra entre la cocina y el garaje, además de los ejercicios de fondo en el esquinero de la mesada de su cocina. (Puede hacer 40 ejercicios de flexión en una serie). Tres veces por semana él ejercita en el gimnasio de su casa, hace lagartijas y elevación de piernas; y cinco veces por semana camina con una rutina de 20 minutos. Cuenta con una salud excelente y no planea jubilarse.

A partir de las variadas experiencias de Sommer en los campos militar, educativo, industrial y como emprendedor, él ha producido muchos nuevos productos que promocionan virtudes y aptitudes prácticas de la vida real, para permitir a los estudiantes vivir vidas exitosas. Usted puede interiorizarse acerca de estos productos en: www.advancepublishing.com.

---

## *Desafío En Búsqueda del Éxito*
Aprende virtudes y aptitudes de la vida real para vivir una vida exitosa y crear un mundo mejor.

---

## Quest for Success
## Writing Prompt Generator

1. Write a report on how *Dream* supports the author's passion for equipping students with virtues and real-life skills to help them live a successful life and create a better world.

2. Make a chart with two columns. Label the two columns:

      The Path of Success—The Path of Failure

      Nelson and Jesse—Alvin

List in the columns the reasons for Nelson and Jesse's success and the reasons for Alvin's failure.

3. Write a report about the reasons for the successes of Benjamin Franklin, George Washington Carver, Helen Keller, and Abraham Lincoln.

4. Choose any four of the Dare to Dream Guidelines and write about their importance for successful living.

## En Búsqueda del Éxito
## Temas para Desarrollar

1. Escriba un informe mostrando cómo *Sueña* apoya a la pasión del autor por equipar a los estudiantes con virtudes y aptitudes de la vida real para ayudarlos a vivir una vida exitosa y crear un mundo mejor.

2. Haga una tabla con dos columnas. Titule a las columnas:

      El Camino del Éxito—Nelson y Jesse

      El Camino del Fracaso—Alvin.

Liste en las columnas las razones por las cuales Nelson y Jesse lograron el éxito, y las razones por las cuales Alvin obtuvo el fracaso.

3. Escriba un informe acerca de las razones para el éxito de Benjamín Franklin, George Washington Carver, Helen Keller y Abraham Lincoln.

4. Elija cuatro lineamientos de la Guía "Atrévete a Soñar" y escriba sobre su importancia para una vida exitosa.

## Quest for Success
## Discussion Questions

1. Why do many individuals join gangs and do harmful things to their bodies?

2. What are Grandpa and Grandma trying to teach the boys?

3. What is Grandpa's advice when everything looks hopeless?

4. What common trait for success do we find in Benjamin Franklin, George Washington Carver, Helen Keller, and Abraham Lincoln?

5. How did Nelson and Jesse react when they heard about the struggles of Benjamin Franklin, George Washington Carver, Helen Keller, and Abraham Lincoln?

## En Búsqueda del Éxito
## Preguntas para Disertar

1. ¿Por qué muchos individuos se unen a pandillas y hacen cosas que dañan sus cuerpos?

2. ¿Qué tratan, el abuelo y la abuela, de enseñarles a los muchachos?

3. ¿Cuál es el consejo del abuelo cuando se ve que nada tiene caso?

4. ¿Qué características de éxito comunes encontramos en Benjamín Franklin, George Washington Carver, Helen Séller y Abraham Lincoln?

5. ¿Cómo reaccionaron Nelson y Jesse cuando escucharon acerca de las luchas que afrontaron Benjamín Franklin, George Washington Carver, Hellen Séller y Abraham Lincoln?

## Free Online Videos

Straight talk is hard-hitting, fast-paced, provocative, and compassionate. Carl Sommer does not shy away from challenging issues as he offers from his vast experiences practical solutions to help students on their quest for success.

Sommer shares his insights on the dangers of drugs, alcohol, sex, and dating, and offers sound advice about friends, peer pressure, self-esteem, entering the job market, careers, entrepreneurship, the secrets of getting ahead, and much more.

## To View Free Online Videos Go To:
## www.AdvancePublishing.com
Under "Free Resources" click on "Straight Talk"